Roteiro e desenhos
Jen Wang

Tradução
Cassius Medauar

Coordenação editorial
Barba Negra

Capa
Retina 78

Revisão
Tulio Kawata, Bel Ribeiro, Alessandra Miranda de Sá

Produção editorial
Maria Clara Carneiro e Sonnini Ruiz

Letreiramento (onomatopeias)
Murilo Soza

Impressão
Geográfica

Dados Internacionais de Catalogação na Publicação (CIP)
(Câmara Brasileira do Livro, SP, Brasil)

Wang, Jen
Koko be Good : não é fácil ser boazinha / Jen Wang ; [tradução Cassius Medauar]. - São Paulo : Leya : Editora Barba Negra, 2011.

Título original: Koko be Good.
ISBN 978-85-8044-093-5

1. Histórias em quadrinhos I. Título.

11-08324 CDD-741.5

TEXTO EDITORES LTDA. – UMA EDITORA DO GRUPO LEYA
Rua Desembargador Paulo Passalacqua, 86
01248-010 - Pacaembu – São Paulo – SP – Brasil
www.leya.com

KOKO BE GOOD

Jen Wang

BARBA NEGRA

Capítulo 1

tic
tac
tic
LYNN
MATT
SARA
JON
SARA
JON
Emily Rivero Groe
126 Hampshire St.
Cambridge, MA 02141
Attn: Jon Wilgur
149 Ninth St. #302
San Francisco, CA 94103

Emily Rivero Groe

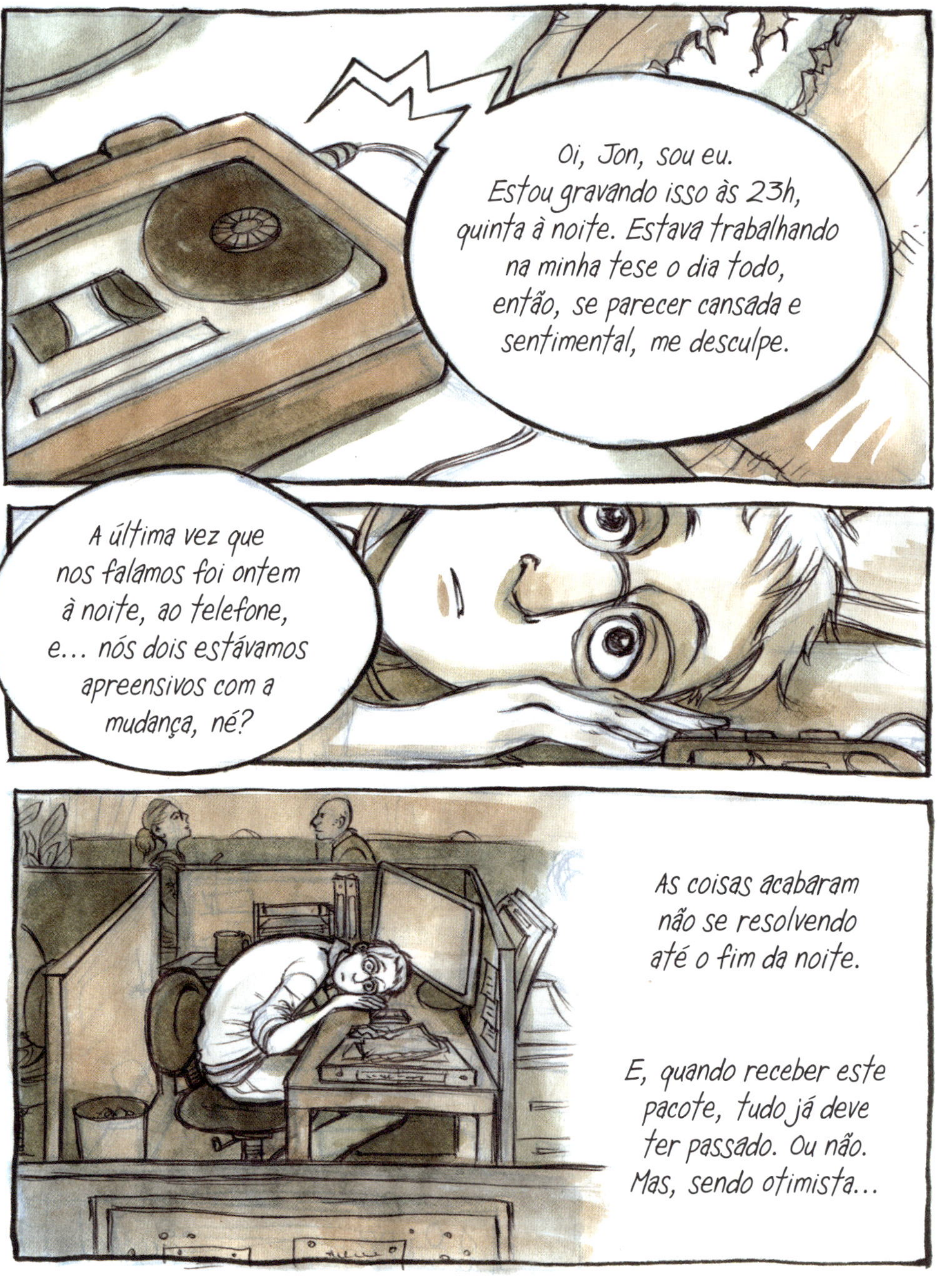
Oi, Jon, sou eu.
Estou gravando isso às 23h, quinta à noite. Estava trabalhando na minha tese o dia todo, então, se parecer cansada e sentimental, me desculpe.
A última vez que nos falamos foi ontem à noite, ao telefone, e... nós dois estávamos apreensivos com a mudança, né?
As coisas acabaram não se resolvendo até o fim da noite.
E, quando receber este pacote, tudo já deve ter passado. Ou não. Mas, sendo otimista...

Então...
Estava em um café esta noite. E fiquei sentada e sentada, e tudo em que conseguia pensar era na nossa conversa.
SPECIAL
Estava preocupada em talvez ter feito a coisa errada em deixar você querer morar comigo.
É fácil pra mim pensar assim, não?
49
Que tenho que provar que sou boa sabendo e fazendo o que é melhor pra você. Mas é minha jornada, não a sua.

O Jon é tão jovem e idealista. Ele fará qualquer coisa ao sair da faculdade aos 23, certo?
Mas decidi que não é justo comigo. Você sabe o que é melhor pra você, e o futuro é tão belo!
YACUCHO; Peru :: Bienvenidos
urism in Ayacucho - Peru Contact
Come to Peru.
Export and Tourism Promotion Board.
www.peru.info/perueng.asp - 38K - Cached

Peru
Huamanga
1540
151,019
MA
Ayacucho
Region:
Founded:
Population
Elevation
Cusco
Province: Cusco
Founded: 1100 A.D. 1st
Population: 348,935
Confio no que você decidir.
Ayacuc
...
1:03 PM
Ei,
interrompi você?

Ah... não.
Então,
...só queria lembrar que vamos tomar umas no Zeitgeist hoje à noite pra comemorar o aniversário do Jack.
Hã, tá bom.
Cê vai?
Não seja tonto, pode estudar suas fitas de línguas a qualquer hora.
Certo.
Suspiro

Ah, quando vai embora mesmo?
Mais ou menos um mês. Sairei daqui a três semanas. Ainda tem muitas coisas a serem feitas antes que minha namorada chegue.
Uau.
Você é louco.
É. Sou bem maluco.

Enfim, espero que não esteja se estressando demais com o seu espanhol. Falará bem assim que estiver imerso no ambiente da língua.
Estou dizendo isso por causa da música que ouvi hoje, uma música em espanhol que, acho, você iria gostar.
Attn: Jon Wilbur
149 Ninth St. #302
San Francisco CA 94103
A letra é bem simples. Achei e copiei em um papel para você poder estudar.
Vou cantar e você pode aprender com a da música!

Ayacuchano huérfano pajarillo
Ayacuchano, passarinho órfão
A que has venido a tierras extrañas
Por que voou para terras distantes
Alza tu vuelo, vamos a Ayacucho
Abra suas asas, vamos para Ayacucho
Donde tus padres lloran tu ausencia
Onde seus pais choram pela sua ausência
Emily
Se cuida, ligo em breve pra você. Te amo.

Eu NUNCA saí do país.

Tipo, o mais longe que fui da Califórnia foi... a Flórida.
EXIT
A porra da Flórida. Foi o que ganhei me mudando pra cidade e gastando meu dinheiro das férias visitando meu namorado, que vai ficar mais dois anos na escola.
INDEPENDENT
Quando me casar? Japão. Vai rolar com certeza, eu mereço.
Cara, se me pedisse, eu te levava pro México. Dirijo até lá todo verão quando visito San Diego.

Espera …
Onde fica o Peru mesmo?
Hã, é tipo...
É tipo na fronteira… tipo do… Brasil, e tipo de Cuba…
HA HA HA HA HA HA HA
Wow, ha ha ha ha!
…Heh heh
Ei, outra bebida pra este cara.
A gente deveria se falar mais.
Ei, Jon,
ha ha!
… sei que não nos conhecemos muito bem, mas só queria dizer…

Acho muito legal o que está fazendo, sabe? Mudar pra um país sulamericano? É bem nobre.
Oh. Obrigado!
Então já esteve no Peru?
Na verdade, não. Eu sei, é estranho, não é?
Minha namorada tem ascendência peruana. Ela conseguiu um emprego perto da cidade da mãe e vamos mudar pra lá.
Bom, estou falando isso porque já estive no Peru. Sua vida vai mudar pra sempre. Só a tragédia de um país em desenvolvimento pode abrir mesmo seus olhos.

Não tenho a menor ideia sobre o que o cara estava falando.
Tipo, acha que estava tentando me ensinar a ter a mente aberta? Ou viajar com segurança? Enfim, foi bem incoerente.
Aargh! Conversar com colegas de trabalho não é meu forte.
Haha. Pobrezinho.
É sério, Emily.
Sinto que não tenho sintonia com o que a maioria das pessoas pensa.
Tem falado com algum dos seus amigos ultimamente?
Não, todos estão ocupados.

É o que eu quis dizer.
Depois de passar a maior parte dos últimos anos com um grupo próximo de pessoas, é meio estranho estar "livre" de novo.
Sei lá. Como você se sente?
À vida depois...
Em relação...?
... da escola?
Bom, eu gostei, mas claro que voltei a estudar um ano depois.
Se me senti livre?
Me deu a chance de pôr em prática o que eu achava que deveria.

toc
TOC
TOC!
Alô, Jon?
Hã, estou aqui!
Ah, queria te contar que recebi seu pacote hoje.
*
Aquele da semana passada? Que bom.

Isso.
Já ouvi algumas vezes. Gostei dá música que você cantou.
É bonita, não?
Bom...
Hã?
Desculpe! Desculpe. Está cheio e barulhento aqui.
Melhor eu voltar pra lá enquanto ainda tenho energia pra isso.

Certo. Não fique resmungando, saia e conheça pessoas.
Vou tentar.
Falo com você em breve.
Tô com saudades. Tchau.
Tchau.
CALL ENDED
00:10:03
BACK

EXIT ONLY
Muito bem, atenção!

BAM!
Você mostrou praquela jarra quem é que MANDA, Faron!
Veja só isso.

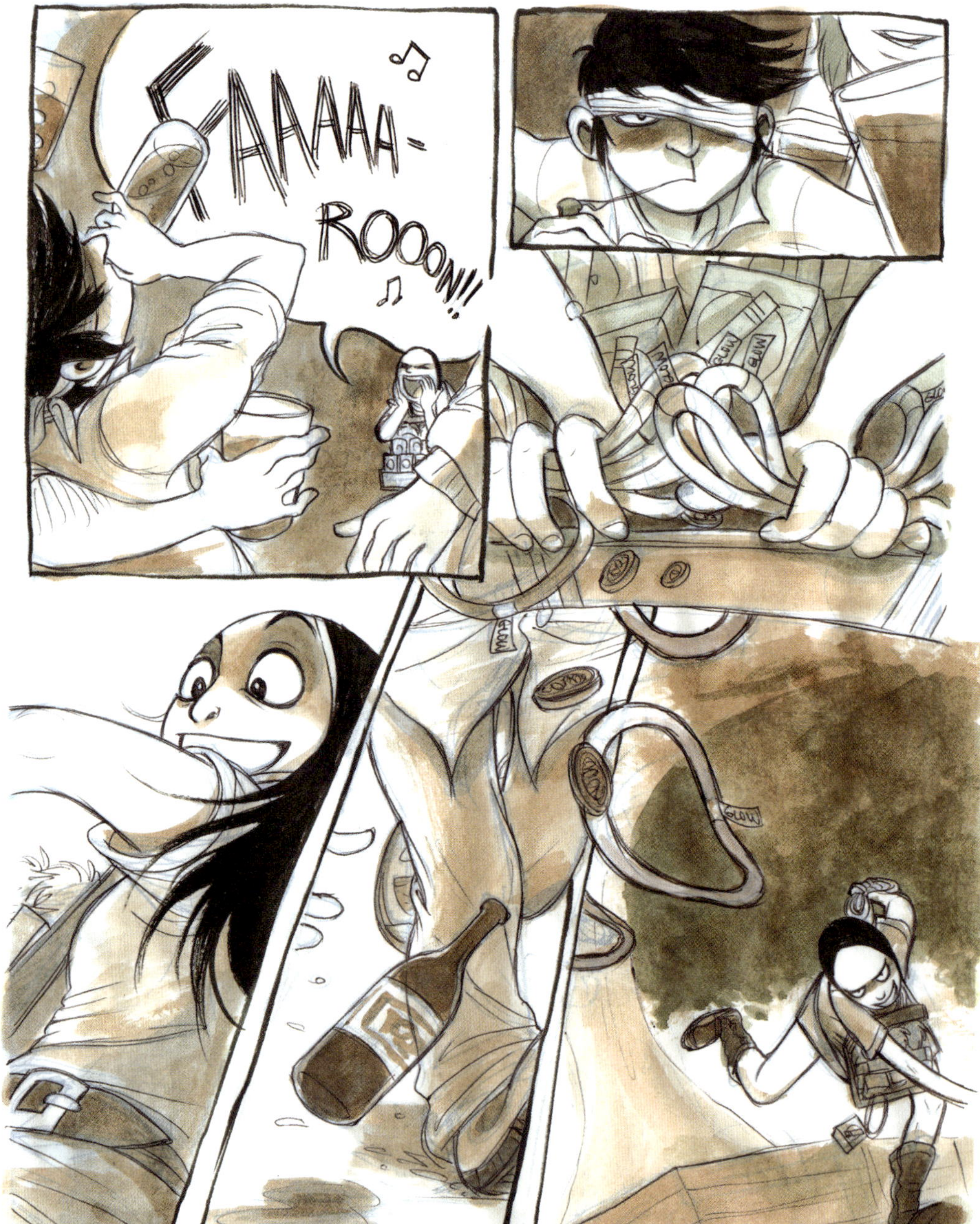
FAAAAA-ROOOON!!

OOOOOOOOOOOOOOOHHHHHHHHH

PORTO
WHACK!

ehee hee hee...
EXIT ONLY
...

O que está acontecendo?
São as garotas Peachy's Puffs, cara.
São garotas que vendem doces usando roupinhas sensuais eaparecem em festas e baladas de limusine. Elas vendem cigarros e pulseiras fluorescentes por muito mais quando você está bêbado.
E normalmente não fazem um show desses.
PEACHY PU

MIAU!
Se prepare pro perigo, Faron!
Atenção!

TUNC
Que diabos é isso? Eu é que fui escalada pra trabalhar aqui.
Você foi despedida!

E o qu... Você! Nem parece ter 18 anos! Quantos anos tem?
GARÇOM!!
AI.
PEACHY'S PUFF Não manda na KOKO.
Então é com isso que tem vivido? Coisas roubadas da empresa?

Quem chegar primeiro ganha, querida. Por que não passa menos tempo pintando o rosto na próxima?
OOH, ESPERE, CONTINUA F-E-I-A.
OOOOOOOHHHHHHHH!!!
...
Cala a boca! Você é uma fraude e está ganhando o meu dinheiro!
Aposto que nem são cigarros e doces de verdade!

ME DÁ ESSA CAIXA!!
Ugh!
JANEY
ugh.
BLAAAAAH
JANEY
......!!!!!!!!!

AAAAAAAAHHHHHHH

EXIT ONLY
EXIT ONLY

EXIT ONLY
VOLUME

Aqui,
Faron!

O-Opa,
espere,
espere!
Ah...
FOOOSHHH
Au,
ai!
VROOM

Humpf.
VROO-OM

ARGH.

Capítulo 2

SLAM!
MARCH
Argh. Fiquem longe de mim, todas vocês. Não têm ideia do que sou capaz neste momento.
Ah, querida...
Tem certeza de que ela não era uma das novas garotas?
TENHO! Você não MORA com alguém alguns meses e se esquece de seu rosto idiota!

De quem estão falando?
Uma garota que trabalhava aqui. Janey ficou com dó e a deixou morar com a gente porque era sem-‑teto e estava falida.
E foi um grande ERRO.
Eu só...
... não queria que ela fosse uma sem-teto.
VROOOOOM
Hããã, a última galota no trabalho? Sim, a dona a despediu por ser intrometida.
Como aquelas galotas de jornal, sabe?
KOI

Siiim...
Quem sabe? Ela tirou um mooonte de fotos dos peixes. Disse que ela "arte".
FISH WORLD
Ela nunca pagou aluguel.
Espalhou sua BAGUNÇA por todos os cantos.
3:00
Havia caras ESTRANHOS na minha casa o tempo todo e o proprietário ficou bravo.
E quem é que se ferra por ser a única no contrato de locação?
Eu sei!
Nós, hã... temos certeza de que ela nos roubou.
PUFFERFISH
$199
FISH WORLD

Deus! Quando eu finalmente a botei pra fora ela foi tão ingrata!
Um dia antes de eu a despejar ela desapareceu, mas o seu lixo não. E depois de toda a ajuda que dei...
PEACHY PUFFS
Acho que ela veio trabalhar naquela noite. Mas nunca devolveu a mercadoria nem voltou!
SLAM

Qual era o nome dela?
Miko?
Não, era... Cody?
Não, Kali.
PEACHY!

KOKO!!
KOKO!
KOKO!
KOKO!

...
Aluguel
Doações

Deixei um sanduba extra. Espero que tenha uma boa noite.
Chin
Ohh!

SF bay area craigslist > missed connections
all SF bay area
san francisco
south bay
east bay
peninsula
north bay
santa cruz
search for:
in: missed connections
Search
only search titles
Poster's Age: min max
has image
[Mon, 01 March: 03:45AM]
[safer sex forum] [romantic advice forum] [needed - missed connection success
Mon, 01 March
Kevin, wanna contact me? - m4m - 55 - (mission district)
dear decent men, where are you? - w4m - 20 - (mission district)
Missing this- -
la traviata, and you...in a black striped dress - m4w - (downtown / civic / van ness)
proud Harley owner with body art - w4m - (Marin County Fair)
Landmark Tranny Girl Meets Landmark Volkswagon Guy at Transmarch - w4m - 26 - (San Francisco)
Dolores Park 4th July Fireworks - m4w - 23 - (mission district)
That's not me - w4m -
a wounded and self-serving child. -
tap tap
tap tap
tap tap

CLICK
CLICK
UAHHHHH

Alô, alô,
alô?
...Um, dois...
Alô, alô, alô?
!

Arrã.
Aqui...
...é Koko.
Bem-vindo ao...
... Programa da Koko!
O
pri... mei...
... ríssimo!
Acho que foi uma boa termos nos encontrado esta noite, pois há coisas muito importantes que estou querendo conversar.

Tipo, desde que larguei tudo este ano eu tive tanto tempo livre, sabe?
Andei pra todo lado, só eu e minha bike, dormindo em lugares que as pessoas esquecem depois que vão pra casa à noite.
Continuo colecionando esses livros que as pessoas deixam nas ruas, mas agora eu os leio. Quer dizer, mais ou menos. Nunca termino. Mas muitos são livros escolares que as pessoas não podem vender de novo...
The Incredibl
Reinvent Your Life
NAL TAXONO
Inner Workin
... e são muito estranhos! E chatos! E fascinantes!
Criei uma prateleira específica pros de medicina, e fico pensando em...
Ops!
Colagem dos melhores diagramas

Tipo, não tenho razão?
São tantas coisas!!
Nem me incomoda mais que todas as pessoas são chatas demais pra me ouvirem. E também são muito céticas.
"Desistente." "Sem foco."
Affff.
Como se precisássemos de resultados tangíveis para saber como gastar nosso tempo.
Não tenho tempo pra essas merdas, cara!

Mas tanto faz, foi por isso que nos encontramos, né? Eu digo o que penso e você ouve tudo, certo?
Então aqui vai uma. Acho que estou perto de uma descoberta. Tipo, está quase na hora do próximo passo, entende?
Uma nova missão ou... uma reinvenção ou algo assim. Não sei ainda o quê.
Mas procuro todos os dias por esse lugar.
Minha própria toca de coelho mágica que diga:
"Entre e veja as novas cores!"
"Feche os olhos e ouça os novos sons!"

E meu trabalho será dividir essa descoberta com todos vocês.
Então todos conseguirão seus resultados tangíveis.
E será INCRÍVEL.
HA HA HA HA HA HA HA HA HA HA HA HA!!
O que te parece?
Dã...

OPEN
OPEN

Hum... hã... com licença! Acredito que vi você no Zeitgeist na noite passada e.. hã... queria saber sobre a sua amiga,
... e como posso falar com...

Hã, ei, licença?
Com licença?
Faron! O cliente tá chamando!
VOL

AU!

CLACK

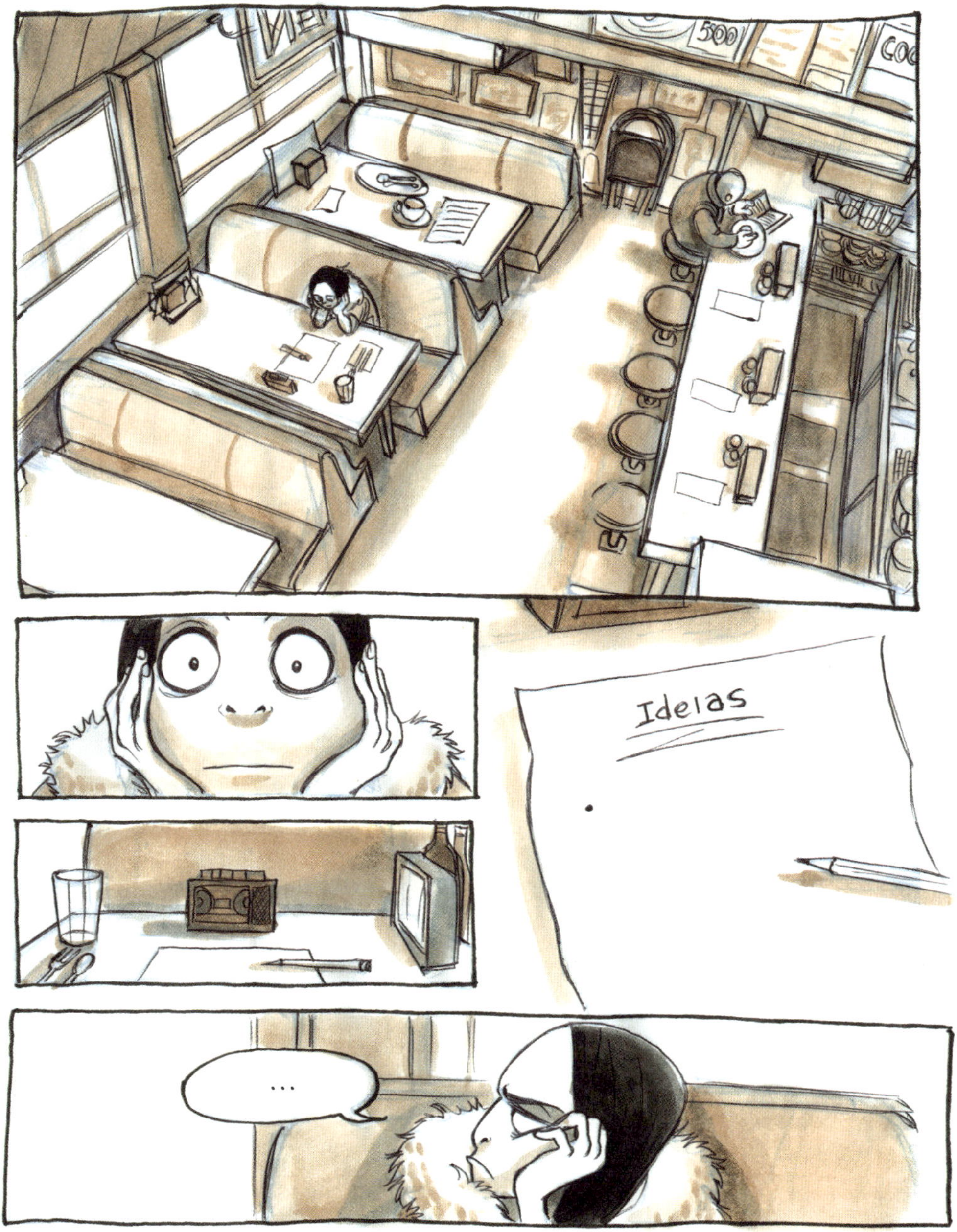
Ideias
...

PANCAKES
PANCAKES
PANCAKES
OPEN

E-então!
Eu, hã...
...
estava no
bar na noite
pas...
BREAKFAST
SIDES
SPECIALS
CAKES
Ouça aqui, seu
PERVERTIDO, não gosto
de jogos de intimidação.
Seja lá o que for
fazer, é bom saber
que estou preparada.
Sacou?

Ah, bom, então você lembra de mim.
Claro que lembro.
Olha só pra você.
Não preciso me apresentar então.
Ei, certo, é o seguinte: vim aqui barganhar gentilmente por algo meu, mas talvez não valha a pena.
Barganhar?!?

Hã, desculpe, gente, mas vocês querem algo?
Ele quer um...
Milkshake de Oreo.
Certo, um pasta de amendoim saindo.
Quero o de pasta de amendoim.
Olha, não quero problemas.
E nem ligo se você quiser ficar com o gravador.
Só quero aquela fita que estava nele. Olha, troco por uma nova.

TEC
Isto aqui?
O que é que tem aqui? Seus segredinhos de espionagem?
É uma gravação que minha namorada me mandou. Ela mora na Costa Leste.
Eu não a vejo muito.
Por isso a fita é importante pra mim.
Que foi?

*
Então todos conseguirão seus resultados tangíveis. E será INCRÍVEL! HAHAHA!
*
?
Alza tu vuelo, vamos a Ayacucho. Donde tus padres lloran tu ausencia.
Se cuida, ligo em breve pra você. Te amo.

...
Bom, acho que já era.
Pasta de amendoim.
Oreo!
Mas eu não...
Hã, certo.

Então...
Ela é... espanhola?
Peruana. Metade peruana. Vamos nos mudar pra lá, por isso ela tem mandado coisas em espanhol.
Não falo nada.
O que tem no Peru?
Ela vai dar aula em um orfanato em Ayacucho. E eu vou junto, mas acabarei trabalhando lá também.
Ah, menininha boazinha e nobre, aprendendo espa-nhol pra ajudar os pobres.
Algum problema nisso?

Psiu. Não comigo.
O problema é seu, cara. Você não pode pensar em coisas assim o tempo todo. O que vai fazer, se sentir culpado a vida toda?
Tem que se concentrar em atividades mais positivas, como eu.
Roubar, por exemplo?
Hei, uma garota tem que sobreviver para apoiar suas causas.
Explorando menores?
Hei, o Faron quer isso.
Já tive trabalhos, apenas decidi come-çar a trabalhar por conta própria.
Ótimo, pelo menos nisso nós concordamos.
Ótimo.
Ótimo.

E como pode me julgar?
O que vai fazer no Peru?
Na verdade, não sei bem ainda.
RÁ!
Não, você tem toda razão. Tenho tudo planejado, dinheiro guardado, opções de emprego... mas fora isso não sei bem o que farei.
Sejamos claros.
Você está abrindo mão de uma boa vida em um país onde todos falam sua língua e tem o Concurso de Músicas Coreanas todo domingo para ficar com uma menininha boazinha cujo comportamento faz você se sentir melhor consigo mesmo.

Bom, eu não diria dessa forma.
Eca. Isso é tããããoo triste.
Discordo!
Bom, então me explique!
Eu...
Ha, ha, ha! Fale pra caixa.

Caixa?
Ela nos desmascara. Não importa o que diga, ela sempre captará seus verdadeiros sentimentos.
Hã... eh. Hum, eu sou o Jon...
... e eu sou a Koko.
Oi, Koko.

Acho que a Koko está errada em achar que vou abrir mão da minha liberdade. Antes de conhecer Emily eu sentia pressão o tempo todo, sobre mim e minha música.
Mas o mundo é diferente através dos olhos dela. Vejo alguém pronto para abrir mão de tudo e ser parte do mundo real. E cuidar das coisas.
Só sinto que... tenho que seguir meus instintos. Se puder seguir o exemplo dela, talvez possa ser alguém melhor e descobrir a vida que sempre quis.

Sentiu isso?
Algo mágico acabou de acontecer.
OPEN

Capítulo 3

LAVANDERIA
ABERTO ATÉ 9:00
DING
DING
DING
XRT

Não se preocupe, cara, salvei seu jogo desta vez.
Faron!

Sabe que só bichas ouvem esse tipo de música, né?
WICKE
WICKED
Faron!

Quer uma carona até a escola?
O Vong vai me levar até o campus hoje.
Não
Tsc! Argh, onde coloquei?
O que está procurando, gata?
Meu discurso... achei!
Vamos, decida logo, sim ou não. Preciso ir!
Não!
Certo. Diga tchau pra mamãe. Te vejo depois, tá?

CLICK
...
putputputvroooom
OPEN
OPEN

Tenho que
lavar o mijo
daqui.
Suspiro
Muito bem,
mocinha
boazinha...

Você chegou
a passar por
aquela fase de
criança que quer
ser médico ou
bombeiro?
Cientista
ganhador do
Nobel ou algo
assim?
Tipo, antes de perceber que
os empregos de verdade
são mais para vendedor de
colchões ou entregador
de comida mexicana?
Ser adulto significa
que a gente pode
ser herói?

Acho que entendi tudo, Faron.
Vou ser boa. Vou ser a heroína que estava destinada a ser.
Hoje é o começo de uma nova Koko.

A Santa Koko, Koko, a Boa.
Agora vamos alimentá-la.
Posso pegar umas roscas pra viagem? Posso, porque você odeia sua família, certo?
1-800-SAVELIVES
DOE HOJE. SEJA O HERÓI QUE ESTAVA DESTINADO A SER.
FUNDO MUNDIAL DAS CRIANÇAS

PLSI 204
Olá, meu nome é Jonathon Wilgur. Quero cancelar minha internet.
Isso.
Oi, estou me mudando e gostaria de cancelar minha assinatura.
O tráfego no centro deve se complicar hoje...
Os manifestantes contra a controversa lei da imigração na Califórnia devem marchar até a prefeitura esta tarde...
8:45

DOAR
VENDER
100%
!
Oi, Spence, é o Jon.
Ei, eei... como vai indo?
Olha,
estava pensando
se estaria interessado
em fantasias antigas
de Dia das Bruxas.

Spen-cer!
Jonathon! Quanto tempo, hein?
Mais alguém em casa?
Não, só eu. Sou o único de folga hoje.
No que está trabalhando?
Ah, sim, sim, veja só.
Estou compilando filmagens que fizemos na turnê. Aquelas coisas estúpidas.
Aqui somos nós em Santa Cruz.

Nossa, me sinto tão distante de vocês.
É, quando não está trabalhando você só fica no telefone.
Quê? Não!
É isso, sim.
Hehehe
Ah! Falando sério, estamos bem ocupados.
E... opa!
Vamos ver o que temos aqui...

OOOOOOHHHHHH
Sim, quatro anos atrás. Achei que poderia querer para um show.
Com certeza! Não vai mesmo querer levar isto pro Peru?
"Todo dia é dia pra se vestir de Guerra nas Estrelas na América."
Ei, veja lá dentro!
MINHA primeira barba!!!
A minha também!
DOIDEIRA!

Ei,
você compraria meu teclado se eu fosse vender?
...
Sim, claro. Tenho procurado por um novo, mas...
Tem certeza de que não quer ficar com ele?
Ele foi muito importante pra você. Talvez não use agora, mas quem sabe se um dia não vai querer de novo? Especialmente quando resolver voltar pra casa.

Acho que não vou precisar mais dele.
Você que sabe. Falei por falar.
Argh! Tem razão. Não sei o que estou pensando. Estou me livrando das coisas compulsivamente.
É muito louca essa sua mudança.
CULTURE
INTERVIEW
MUSIC
É loucura eu me mudar... e também vocês aparecerem sempre no jornal como a banda da semana.

Olhe para nós, tão motivados.
É mesmo.
É como se tentássemos não ser deixados para trás ou algo assim.
BALBOA

Ooof!
Koko?
...

B-buenos dias!
Mal reconheci você.
Buenos dias!
É porque sou uma nova mulher.
Vai ficar feliz em saber que estou patrocinando uma criança estrangeira.
FUNDO MUNDIAL DAS CRIANÇAS 4465 5ª AV. Washington, D.C.
Gostou da roupa? Pensei em professora filantropa e linda.
SNAP
E o que a fez mudar tanto?
range range range

Nosso papo!
Não consegui dor-mir pensando no que aquilo significava para mim, e pensei...
...você tem razão! Talvez seja a mudança que preciso.
Vou fazer o bem! Viver para mim mesma não é mais suficien-te. Vou viver para o mundo.
Oh. Aah.

Você gosta de cenoura?
Vamos comprar e comer?
GOLDEN
1.99
2.99
1.99

E você também manda fitas pra sua namorada?
Mandei uma vez, mas não me entendo com a parte de falar sozinho. Minha língua trava.
NO PARKING ANY TIME
Mas cheguei a me gravar tocando e pensei em mandar pra ela.
Ooh, o que você toca?
Teclado.
Quero ouvir.

Argh, que careta!
Por que caras como você não tocam músicas normais, pra variar?
É tão ruim assim?
Acho que não é muito melódica. Cresci estudando música clássica, por isso em geral toco o oposto disso.
Não que tenha tocado muito desde que me formei.

Uau! Esta é sua casa?
É do Chin, meu senhorio. Ele dá aula de Tai Chi pra caras ricos.
E me deixa morar no sótão por ser legal e passear com o cachorro às vezes.
De graça, você quer dizer?
É que sou uma pessoa legal pra se ter por perto.

Então agora quer ser "boa". O que isso significa exatamente?
Bom, eu mal comecei, caramba. Hã, quer dizer atingir um tipo de significância e...
... "iluminação".
Certo?
Sabe o que o Chin me disse?
Havia um mestre na Índia cujo controle mental era muito grande.
Ele olhou pra uma parede por SETE ANOS.

Pode imaginar o quão louco seria se eu tivesse um poder assim?
Rá, posso.
Falando sério, ser "legal" acaba cansando, sabe? Se tenho uma alma boa, automaticamente sou uma ótima pessoa.
Ah, claro.
Ah, pode rir. Aposto que não ri da sua namorada.
Oooh, me fale de novo de salvar bebês. Hum... que injustiça!

Hei, hei, solte minha bicicleta!
UNIDOS
A manifestação!
É aquele protesto de que estavam falando no rádio hoje de manhã.
No mas tratamiento de segunda clase!!
El Pueblo Unido!
El Pueblo Unido!
Hoy marchamos
Perfeito! Vamos participar!
Estou indo, *hermanos*!

N.T.: "*Sí se puente*" é o mesmo que "*Sí, se puede*", que tem o mesmo significado da famosa fase de Obama: "*Yes, we can*".

O que está acontecendo agora?
Por que estão protestando?
Me contem sobre a vida de vocês.
¡Hoy marchanos, mañana votanos!
Sim, claro!
JON!

RIGHTS
GRANTS
Nossos pais vieram a este país com nada mais além da vontade de trabalhar por uma vida melhor.
Estamos protegendo nossas famílias e a vida que elas nos deram.
No illegals
No burritos
Think carefully

Sí, se puente!
Sí, se puente!
Sí, se puente!

Capítulo 4

15960

Faron, preciso conversar com você.
Então... fui aceita na Virgínia.
Eu vou fazer pós-graduação.
Não contei nada pro Vong ainda.
Ele não queria que eu tentasse nada fora da Califórnia.
Mas estou muito animada.

Vi você na TV ontem.
É mesmo?
E você? Já pensou no que quer fazer durante o verão?
Pensou em ir pro Texas e ajudar nosso tio nos negócios?
Não.
Faron, você sabe que se não procurar faculdades ou arranjar algum emprego vai acabar preso aqui trabalhando pra mamãe por um tempo, né?
Tudo bem, é o que já faço mesmo.

Você tem sorte, sabia?
Ninguém espera nada de você.
E olhe que ainda sou mulher.
PAM

TAP. TAP. TAP. TAP.
♫ VOU SER UMA HEROÍNA ♫ UM DIA

♫ SEREI A PRIMEIRA A SALVAR O MUNDO VESTINDO UM JEANS SENSUAL ♫

LAR PARA IDOSOS
SKRRRTTTT!
DING
Oh!
Oh! Olá! Você é a nova voluntária?
Isso!
Muito prazer, sou a Karen. Por aqui, por favor.
A maioria dos nossos residentes acabou de almoçar e está tirando uma soneca.
Esta é a hora que nossas enfermeiras saem pra comer algo, por isso é bom ter você pra ajudar.

Aqui estamos.
?
Hã...
Este é o Otis, filho de uma enfermeira. Ela está atendendo um chamado residencial. Se puder cuidar dele por algumas horas será ótimo.
Hã, tem certeza de que não precisa de ajuda com os ve... outros?
Ah, nossos pacientes? Só deixamos enfermeiras e voluntários com mais experiência cuidar deles.

Alguns são difíceis e pôr uma pessoa estranha pra fazer o serviço pode ser meio estressante.
Com um pouco mais de experiência você vai poder ajudar.
Bom, preciso voltar pro meu posto. Se precisar de algo é só ligar na recepção, tá bom?
CLICK

Posso ir ao outro lado da rua e comprar um refri?
HARRY POTTER
Tem máquina de refri aqui.
Mas não da marca que quero.

Me dá seu jogo.
Se prometer voltar rápido e não deixar a Karen te ver, pode ir.
Pode me emprestar grana pra uns doces?
Só as cachorras! Hu hu hu!

NÃO!
Agora ouço notícias no rádio.
... nesta quarta, que os preços ao consumidor subiram 0,2% no último mês, um pouco menos que o esperado e melhor que os 0,3%, de março...
Os indicadores de ações também subiram. O índice SP 500 avançou 15,30, ou 1,10, para 1.403,58...
... o fluxo de ganhos no primeiro trimestre diminuiu, por isso Wall Street vai precisar de boas notícias na economia...
... investidores vão analisar a leitura dos consumidores nesta semana para determinar se o aumento dos custos de energia deverão causar...
Querendo criar um clima? Uma nova pesquisa de psicólogos mostra que tocar certos tipos de músicas pode acentuar o sabor do vinho...
FM: 88.5

Socorro!!

...
Karen?
Socorro!!

Olá?
...
Socorro!!
WAHBUHGURGLE BLARGLE

...
Estou sendo mantida aqui contra vontade!
E não deixam o meu Alan falar comigo.
Hã, desculpe, eu não...
Me leve lá fora. Preciso falar com o Alan!
Hã...
ESTOU MORRENDO!!

AAHH
GRRR
Ca-cala a boca! Quer dizer, psiu! Eu ajudo. Pare com isso.
!!
Aqui...
Não sente nela.
Deite assim!

ARF!
PRONTO!

Estou, estou congelando!
PAM
NÃO SAIA DAQUI!
cobertor limpo, cobertor...

Cadê
você?

Alaaaaaann
Ala...
UUI!
Dolores!

O Dave vai ficar comigo.
Hei.

Sabe o que pensei na primeira vez que estudamos juntos?
Pensei: certo, ele é tímido e claramente gosta de mim. Um amor, mas talvez não o colega de estudos mais efetivo.

Mas você era tão focado e determinado... e prestativo. Não conseguia acreditar em como tinha entendido a matéria tão melhor que eu.
Pensei que você seria um ótimo professor um dia.
Sim, bom, por que não? Vou tentar. Me transforme em professor de línguas.
Ha, ha. Bom, não queria te convencer a aceitar de cara.
Vou te mandar o e-mail e você pensa a respeito, tá bom?
BIP
1 NEW MESSAGE FROM:
Koko
READ
Sim, sim, claro. E podemos falar mais disso quando você chegar.

BIIP!
BIIIP!!
BIIPBIP!
E eu... argh.
Tenho tantas coisas pra fazer na semana que vem. Não queria fazer tudo sozinho, sabe?
Sei o que quer dizer.
Ei, posso te ligar depois? Recebi uma chamada urgente.
Sim, claro. Nos falamos em breve.
Tchau.
Alô?
Tchau.
Estou tendo um dia péssimo.

O que aconteceu? Está tudo bem?
Não quero falar sobre isso, mas é culpa deles.
Enfim, estou comendo comida chinesa e não estou me sentindo melhor. Venha conversar comigo.
LAU'S

Preciso me manter focada. Não posso deixar idosos estúpidos estragarem tudo. Mudar demora.
Jonathon?
Oh, ei, Jason. Quanto tempo!
Você parece bem, Jon. Como vai?
Eu vou bem!
Vai se mudar para o Peru com a Emily em breve, né?

Sim, no dia 31.
Que ótimo, ela vem pra cá na semana que vem, né?
Sim, vão fazer uma festa de despedida pra ela na casa antiga, no próximo final de semana.
Ouvi falar. Bom, desejo tudo de melhor pra vocês.
Melhor voltar pro meu lugar.
Mas vejo vocês em breve!
Tchau!
É o ex da Emily, o Jason.
Eles namoravam quando eu os conheci. É um cara legal.

Ele parece, tipo, uns **35**.
E é mesmo.
Não é escandaloso?
O quê?
Ele tinha **30** quando você tinha **18**!
Emily tem 30.
Ah, droga.
Essa era a parte que eu não queria contar a você.

Olha, não é tão estranho assim.
Não tem amigos mais velhos que isso? E o seu senhorio?
oh ho ho ho ho ho!
E daí?
Você tem uma namorada--mãe!
Você é como os garotos de 15 anos que querem sair com a professora, mas ESTÁ saindo mesmo!!
Tsc, não é assim. Você saberia se... soubesse melhor.
Hee hee hee

Ah, tanto faz. Chega desse assunto.
Veja, o filme vai começar.

A Balada de FARON LAU
A PEQUENA LOJA DE HORRORES TESTES HOJE NO ALMOÇO

BOXE
101
APRE
KUNG F

TICKE

bart
ba
WICKED
THE
END

Capítulo 5

415
SEGUNDA
10
EMBASSY OF PERU
VISA APPLICATION FORM
No.

TERÇA
11
MARÇO
THE SALVATION ARMY
MARY
KOKO

LEARN SPANISH IN A WEEK!
QUARTA
12
MARÇO
T
3
L P E D C 4

QUINTA
13
MARÇO

SEXTA
14
MARÇO
SUNSET PIZZER
SET PI
Natureza estúpida.
... recém-formado recebeu um prêmio por transformar bicicletas velhas em canos de irrigação pra vila local.
É a coisa mais recompensadora que fiz na vida.

BUILDING HOMES
Durmo em cama de lona, suo o tempo todo, não tenho casa nem carro, mas estou feliz com minha vida.
Costumava me preocupar com muitas coisas, mas agora tenho pelo que viver.
Algo pelo que viver, algo pelo...
Mas que jaqueta legal, hein?
Oh, obrigado.
É, fiquei impressionado de você a usar para limpar a praia.

Você também faz faculdade aqui?
Não, não, vim acumular créditos. Gosto de fazer o bem espontaneamente.
Ah… bom, isso é legal.
E você, estuda aqui?
Dou seminários no Programa de Trabalho Social ali na universidade.
Jura? É o que eu estava pensando em estudar. Fiz uma especialização em Estudos Ambientais, mas tenho pensado muito sobre trabalhos humanitários … sabe?

trabalhar fora
dedicação
graduação
crianças
voluntário
humanidade
comunidade
carreira
apaixonada
amor
estágio
integridade
inspirado

Ei...
... ei, ei, ei!
Entre pela frente!
O Faron está?
Ele não aqui! Ele sair!
Saiu? Xi...
O Faron não tem amigos.
Ele e família em evento em Oakland. Não em casa.

Xôô! Xôô! Não entrar aqui!
Ai, ai, já entendi.
biip
biip
biip
ARTE
MUSICA
MY PERFECT DAY

PITTSBURGH/BAY POINT ... 4 MIN
BZZT
9:38PM
Alô?
Joooon. E aí?
Ah, oi, Koko.
Estou na estação BART. Estou indo pra casa dos meus pais.
Tenho que pegar meu carro para buscar Emily amanhã no aeroporto.

Aeroporto?
Sim, ela volta de Boston amanhã.
Logo, logo!
Bem, você não parece muito feliz.
FREMONT 8 CAR TRAIN 4 MIN
PITTSBURG BAY PT 2 MIN
PLATFORM 1
É. Enfim, não posso sair com você, se era o que pretendia.
pfff.
Eu... sinto muito mesmo. Estou muito ocupado com várias coisas. Só tenha mais uma semana.

GLEN PARK
Ligo pra você quando voltar. Talvez nós três possamos ir almoçar. E você pode ir na festa de despedida que os antigos colegas de quarto dela vão dar.
... Ah... Hã, claro.
Depois te respondo sobre essas coisas. Também estou ocupada, cê sabe. Talvez tenha um compromisso de cuidar de umas crianças retardadas no final de semana...
É, seria uma vergonha cancelar com elas,
... só pra festejar com hipsters velhos.
Eu... c-certo. Bom. Faça o que tem que fazer, né?
Hahahaha!
Quê?

Ouça isso.
Você deixou
eu te insultar
assim?
Como vai
sobreviver
no Peru?
É por isso
que precisa de
duas mães.
Alô?
biiiiiiiiiiiiiiiiiiiiiiiip

GLEN PARK
Humpf,
azar.

♪ Chiiin ♫
... está em casa?
Gothica?

Um garoto alto como o Jon vai precisar de um banco diferente.
Hee Hee Hee Hee Hee Hee

Aqui. Use isto por enquanto.
E só porque suas pernas são grandes não quer dizer que já pode usar os pedais.
Hee
Hee
Hee
Hee
Hee
Hee
Hee
Hee

Mas Lulaléo...
... e como você vive sozinho nas partes mais sombrias e assustadoras do oceano?
Bom, isso é fácil. O oceano é vasto e cheio de coisas incríveis. Não tenho medo porque nunca fico entediado.
Você é tão legal...
Mas não é duro ser sozinho?
E os irmãos e as irmãs? E os abraços?
Abraços?
Já consegui irmãos e irmãs com...

... meus tentáculos!
WAH!
Morra, animal fofo e estúpido.
...
Suspiro

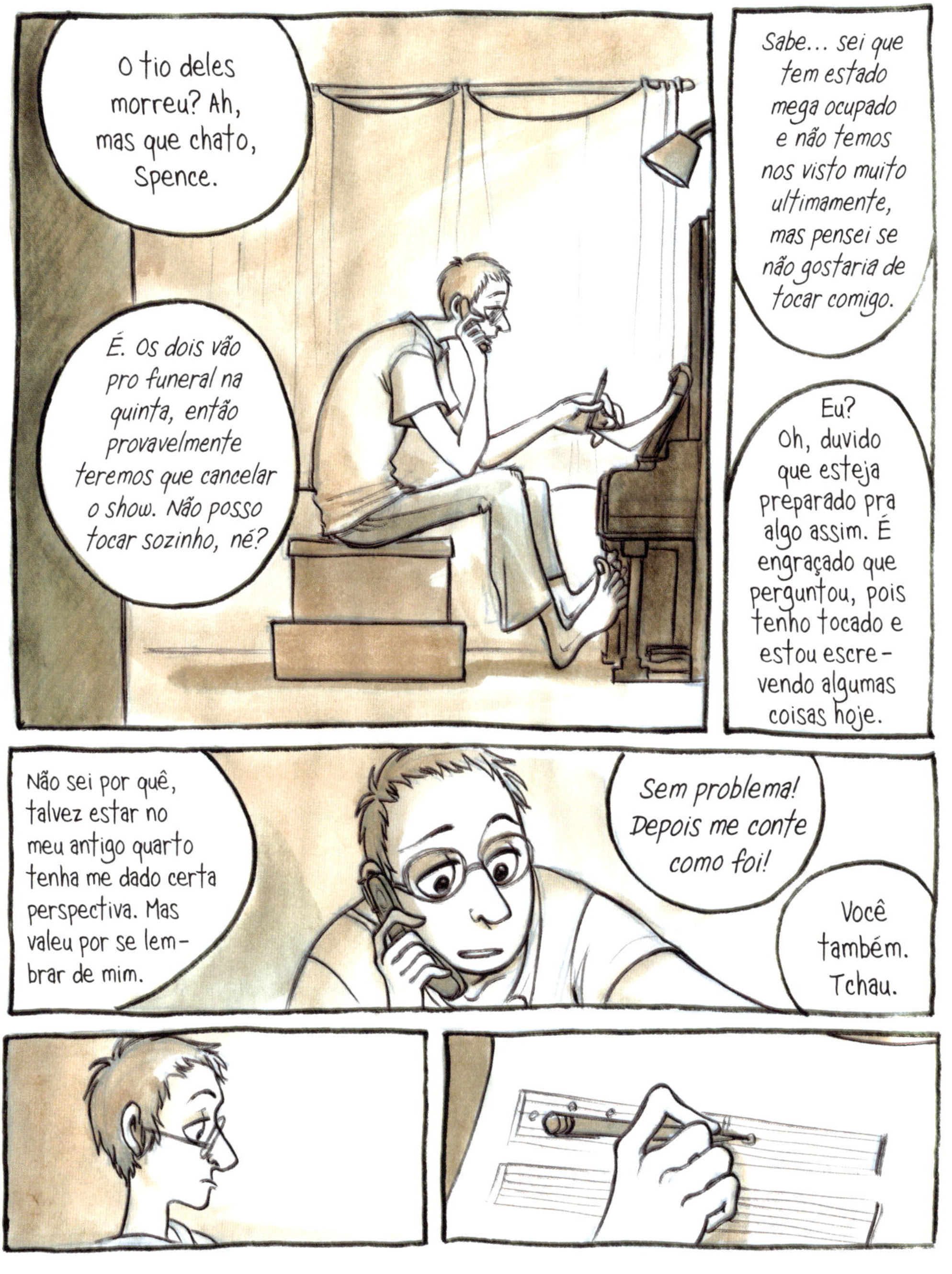
O tio deles morreu? Ah, mas que chato, Spence.
É. Os dois vão pro funeral na quinta, então provavelmente teremos que cancelar o show. Não posso tocar sozinho, né?
Sabe... sei que tem estado mega ocupado e não temos nos visto muito ultimamente, mas pensei se não gostaria de tocar comigo.
Eu? Oh, duvido que esteja preparado pra algo assim. É engraçado que perguntou, pois tenho tocado e estou escre-vendo algumas coisas hoje.
Não sei por quê, talvez estar no meu antigo quarto tenha me dado certa perspectiva. Mas valeu por se lem-brar de mim.
Sem problema! Depois me conte como foi!
Você também. Tchau.

Capítulo 6

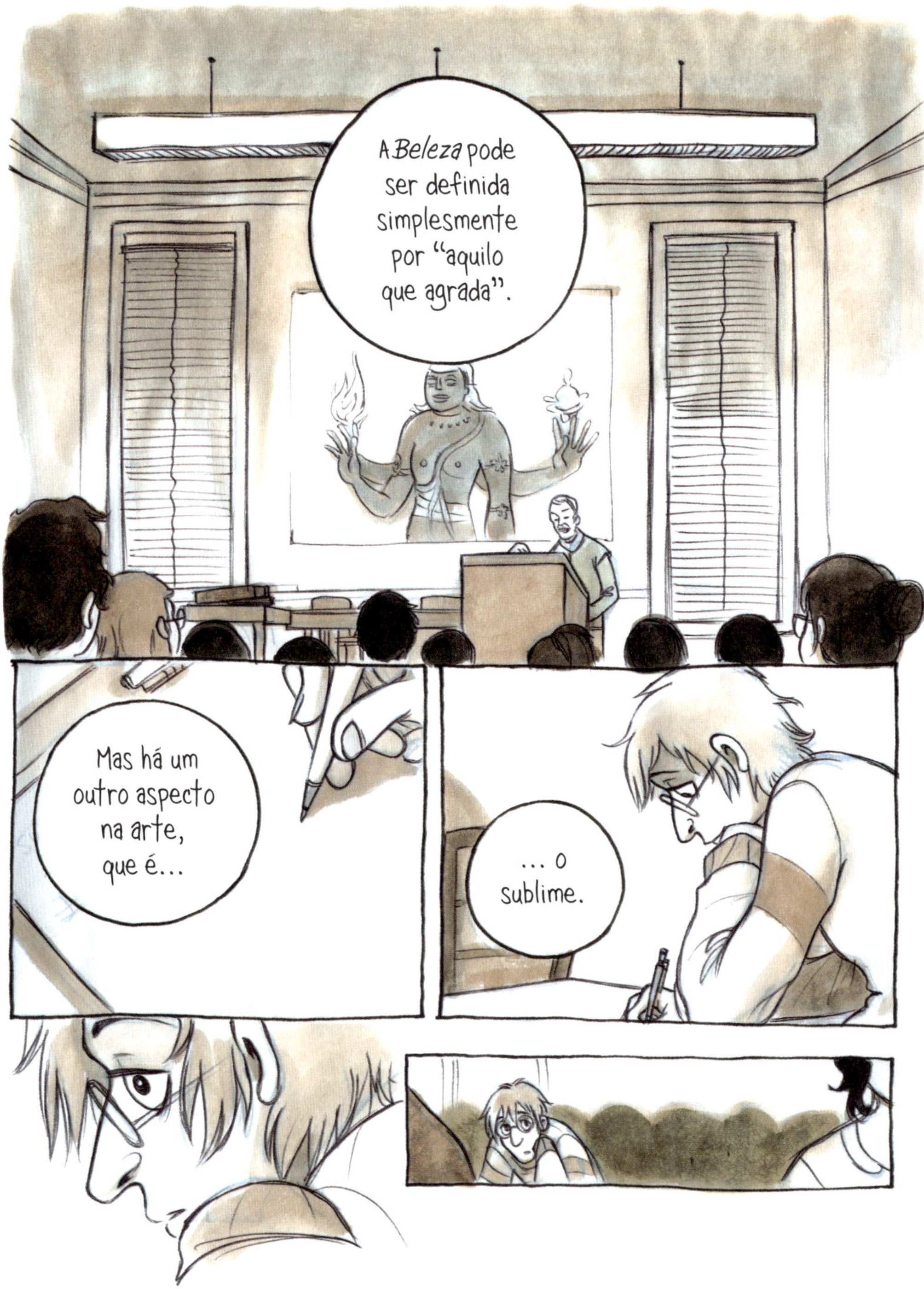
A *Beleza* pode ser definida simplesmente por "aquilo que agrada".
Mas há um outro aspecto na arte, que é...
... o sublime.

Como a nuvem em forma de cogumelo de uma bomba atômica, ou a imensidão do espaço mostrada a nós por um satélite...
A grandeza da experiência vai além do seu julgamento ético ou estético, libertando-o do seu ego que o amarra a si mesmo.
Com a diminuição do seu ego...
... quanto menos houver de você...
... mais você verá o sublime.

Ei...
Acha que tudo bem se eu beber em uma das taças deles?
Hã, sei lá.
Jon!
Oh, que bom que veio.
Jason, este é o Jon, o garoto da minha classe de estética.
Falei muito a seu respeito pra ele.
Ei, muito prazer.

Uau, então este é apenas o seu primeiro ano na facul-dade, hein?
He, he... é.
Ele é tão esperto.
Quais são seus planos, Jon?
Oh, no geral? Hã...
Bom, primeiro espero me formar em Literatura. Mas, fora isso, quero ir atrás da minha música. É a minha verdadeira paixão.
E a do Spencer.

Parece ótimo. Adoraria ter tido uma ideia tão clara das coisas quando tinha sua idade.
Você vai se dar bem quando crescer.
Tenho certeza.
ESTÉTICA
MEMO

1·99

Vou voltar pra Boston em setembro. Só estou passando o verão por aqui pra ficar com meu pai.
Ele está tendo dificuldades em se ajustar sem minha mãe.
Quando foi que aconteceu?
No último inverno. Semanas depois de Jason e eu terminarmos.
suspiro
Foram dois meses bem difíceis.
E, sabe... desde que ela morreu eu fico pensando nas coisas que não sei sobre ela. Minha herança cultural.

Decidi me mudar para Ayacucho depois de acabar a pós.
Surgiu a possibilidade de trabalhar em um orfanato igual ao da minha mãe. Nunca tive tanta certeza de algo na vida.

Que coisa bonita. Quer dizer, você... pode fazer o que quiser. Adoraria ter um propósito tão profundo. Tudo o que espero é ter um trabalho menos ruim depois que me formar.
E a sua música?
Bom, ainda é uma parte bacana da minha vida. Mas não sei se levarei mais a sério do que isso.
Parece algo mais privado que público,
sabe?
Isso fez sentido? Ah, não sei bem o que estou dizendo.
Não, não fale assim. Faz muito sentido!

Oh, é tão bom ver você depois de tanto tempo. Você cresceu bastante, Jonathon Wilgur.
É bom ver você também...
Mas podia cortar o cabelo.
Hã?

Levante a cabeça.
Olhe pra mim.

Sempre quis dizer a você...
Eu ainda vou crescer, espere por mim.
Um dia teremos muitos assuntos em comum.
Jon...
Nem gosto daqui a maior parte do ano.
Mas o que tenho a perder?
Não é justo.

Mas é tipo a vida não é justa, né?
Eu poderia ter tantas experiências se fosse com você. Eu nem fui longe pra fazer faculdade.
Não prometa nada. Pense por um tempo. Quando chegar a hora, se ainda parecer certo, você me fala.
Tudo bem.

O que tá
fazendo aí,
moça?

O que estava fazendo não era o bastante!
Tenho que me livrar de todas as distrações!
Dedicar todas as fibras da minha vida!
VENDA
Estou vendendo tudo o que tenho pra caridade!
É tudo de vocês!
Tudo o que me define!

Onde colocou minhas pílulas, seu filho da puta?
TUM TUM TUM TUM
Volte aqui!
Está louco se acha que isso vai me convencer a ficar.
Não surte, Grace!
É você que está estragando tudo!
Nossa relação não é mais importante pra você?
Nossos planos?
Fique longe de mim!
Você disse que era o último ano de escola! Último!
Eu fiz a minha parte! Eu fiz a minha parte!

Trabalhei duro esses anos todos por nada?
Acha que sou idiota? Acha que pegando meus remédios vai me convencer a ficar com você?
Me entregar tão facilmente?
Estou com eles apenas até você se acalmar.
Vou deixar você mesmo assim.
AAAAAGHH!!

Vamos, Grace!
Não toca em mim!

AARGH!
DROGA!
Sua bich...
HAA

Todo o dinheiro vai para o Fundo Mundial das Crianças!
Isso é bom.
Acho que é o certo a fazer.
Esta pintura comprará uma bicicleta pra um órfão libanês. Esta mesa um jantar, quem sabe?
UOF! UOF!

Ginny!
Alguém pegue ela!
WELLS FARGO

À VENDA

Vendas pra carida-de? Está brincando? Há! Bom, foi cria-tiva, eu não teria pensado nisso.
Inacreditável.
O quão baixo está disposta a descer?
Posso ajudá-la?
Oh! ...Arrã...
Queria saber qual o preço das botas. São bem bonitas!
Bom, na verdade parecem meio fora do seu orçamento. Você as comprou? Talvez eu devesse ter um desconto.
Ou sei lá, talvez eu possa apenas PEGAR, hein?
Que tal?

São dois dólares.
Humpf.
Esta garota mente e rouba. O dinheiro pra caridade vai direto pro bolso dela!
Somos idiotas em financiar as extravagâncias estúpidas dela.
pois ela é egoísta demais para crescer...

Você não tem ideia de como é minha vida agora.
Trabalhei duro as últimas semanas pra virar uma nova pessoa.
E parte de ser essa nova pessoa é pedir educadamente a você que vá embora antes que eu a envergonhe de novo.
...
É mesmo?
Bom, que tal pedir desculpas pra mim então?
Não tenho porque me desculpar.
Então não acre-dito em nada do que disse.

Acha que tô mentindo?
Estou desistindo de meus proje-tos, de minhas posses, do meu estilo de vida!
Talvez até... talvez até arranje um trabalho em um país que precise, como o Peru. Ou...!
PBBBTHAHAHAHA
O que a faz pensar que as pessoas no Peru precisam de você?
Peru?!
Peru?!
Acha que vão precisar de sua expertise em... hã, moda?

Como tirar boas fotos?
Como tingir os cabelos?
Como ser despedida?
Viver de vadiagem?
E o que VOCÊ está fazendo de tão bom?
EXPONDO FRAUDES COMO VOCÊ!!

Não acham que eu consigo?
Nenhum de vocês acredita que posso?
Pegue!

NÃO PRECISO DISSO!
PEGUE TUDO!!
VOCÊ!
Quer todas essas coisas?
Cada uma dessas coisas inúteis!
É tudo seu!

E o dinheiro?
Todo o dinheiro que ganhei agora?
Vai pro envelope!
Veja, aqui vai!
SNAP
Sou a heroína de alguém. Você vai ver!

Um dia eu serei uma pessoa incrível. Todos vão me olhar com orgulho,
e você vai ficar muito envergonhada.
. . .
beep beep beep beep beep
beep beep beep
Não tenho ideia do que fará a seguir, Koko, mas gostaria que fizesse tudo isso.
PEACHY'S PUFFS

Boa sorte, Koko.
E cresça.

Oi, Chin...
Koko, preciso falar com você.
Então, o Alan e eu finalmente decidimos morar juntos. Ele vem pra cá e pediu pra eu começar a cobrar aluguel se você for continuar morando aqui.
Acho que é mais que justo.
Se precisar de uma ajuda no começo me fale. Senão eu esperarei o dinheiro no começo do mês.

Tá, eu entendo.
Ah, chegou uma carta pra você. Está na mesa.

Cara Senhorita Koko,
Meu nome é Ajit. Sou do hospital Mercy
Children em Calcutá. Muito obrigado
por ser minha patrocinadora. Estou me
recuperando de uma cirurgia no ouvido
e espero voltar logo para minha família.
Eles também a agradecem. Você está
em nossos pensamentos. Graças a você
eu poderei ir para casa e ver minha
irmãzinha chegar daqui algumas semanas.
Com muita gratidão,
Ajit

Capítulo 7

Pilsner
MONTG
Sans

Medical Center | UCSF Children's Hospital
MAIN ENTRANCE
UCSF Medical Center | UCSF Children's Hospital
505 PARNASSUS Avenue

AMTRAK
FARON LAU
1 60
SFO-FERRY BLD.
[SFF]
[TXA]
1
LAU, FARON
DEPART:
SFO-FERRY BLD.
[SFF]
ARRIVAL:
AUSTIN, TEXAS
[TXA]

Não sei o que fazer.
Não sei como falar com você...

brrrrrt.
brrrrrt.
Desculpe, o número discado está fora de serviço.
O que foi?
Hei. To tentando falar com uma amiga e ver se queria almoçar com a gente ou algo assim.

Oh. Hã,
oi. Você é
o Chin?
Sou. Posso
ajudar?
A Koko
está?
A Koko
não mora
mais aqui.
Oh,
desculpe.
Não sabia
que ela
reagiria
tão mal.

Quando a encontrei ela tinha acabado de ser chutada pra fora pelas antigas companheiras de casa e ficava em um lugar em cima do bar que eu frequentava.
Fiquei preocupado de alguém se aproveitar dela e então ofereci meu sótão.
Ia ser só temporário, mas foi algo bom pra nós dois.
É, ela é bem imprevisível, mas... minha impressão era de que era feliz aqui.
Acho que era sim. Ela só não sabe demonstrar isso.

É aqui
que você
estava...

Oi de novo. Está é outra transmissão da Koko.
Desta vez tenho uma pergunta. Quero perguntar a vocês, ouvintes...
...se acham que são boas pessoas.
E se são, como sabem disso?

É algo que sempre soube? Ou algo que descobriu?
Acho que algumas pessoas são naturalmente boas nisso. Como a Karen. Ou o Jon. E a namorada dele. Mas se ser bom, supostamente, é o correto,
será que vale a pena ser algo que você não é? Só porque é correto?

Oh, meu deus, querida, me escreva assim que puder.
É claro, eu vou, pode deixar!
Quero saber de tudo e quero ir visitá-la.
Vou sentir falta destas árvores!
Vou sentir falta desta grama!
Agh! É tão bonito.

Ha ha ha!
Devagar, Jon!
scuff
Veja, tem um sofá aqui.

Ha ha ha!
Isto.
É perfeito.
Quero congelar esta imagem exata e guardar na minha mente até voltar.
Um dia, quando morarmos aqui de novo, quero que seja exatamente assim.

Nós nem partimos ainda.

Você está...
...
Você está animado em ir?
S...
Sim?
SIM!
Estamos finalmente juntos e faremos exatamente o que combinamos!
Desculpe, falei algo errado?
...Emily?

...
O quê?
AARGH!
Sei que você... nós... nos preparamos muito nos últimos meses e não tivemos muito tempo de só... CONVERSAR.
Mas olho pro seu rosto e não vejo o que quer!
...Jon!

O que é que está tentando dizer...
O que quero dizer é:
Talvez você não deva ir pro Peru comigo.
MAS...!

NÃO responda agora.
Quero que pense no que estou dizendo e que pense de verdade.
Porque não quero que se ressinta comigo quando estiver infeliz.

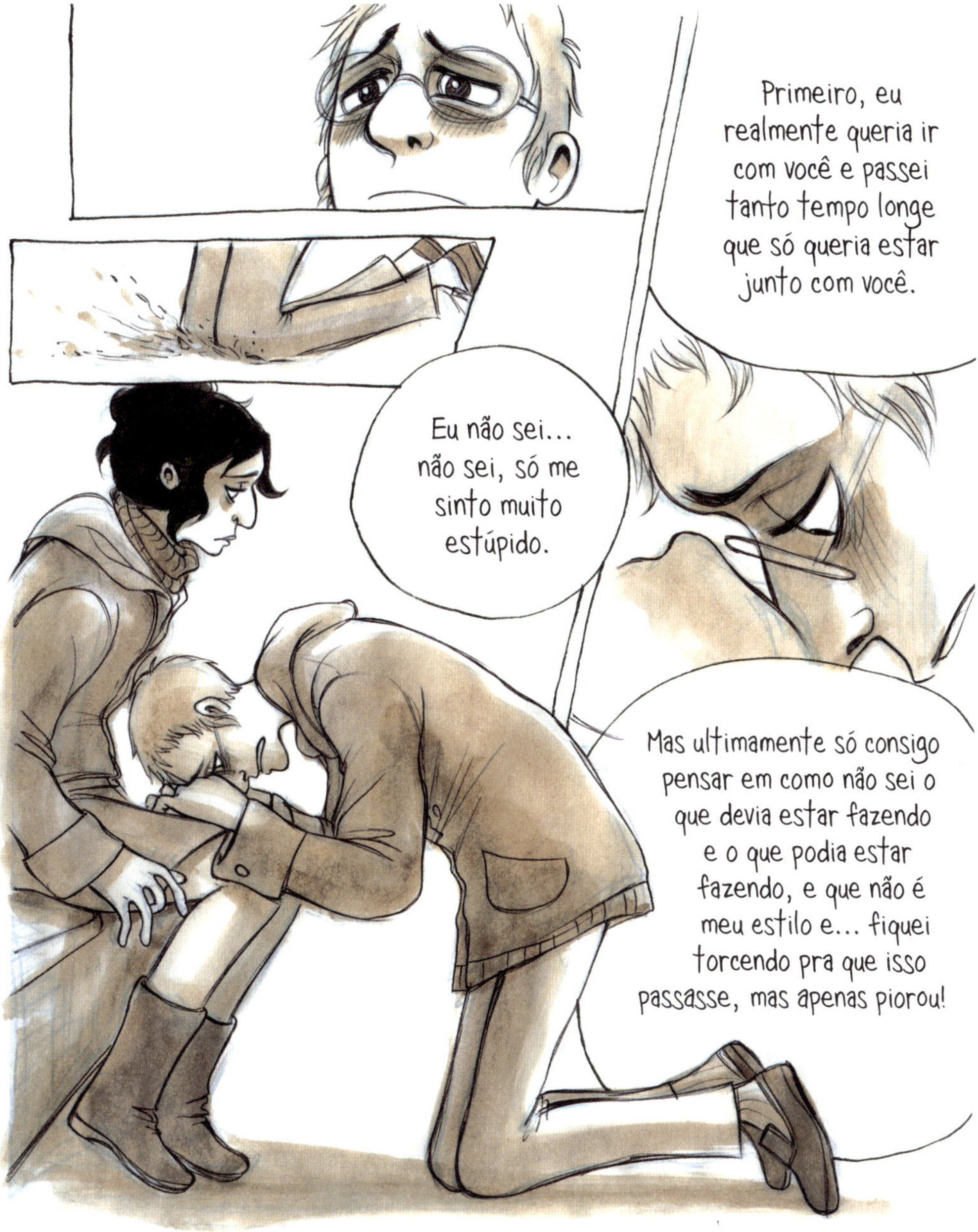
Primeiro, eu realmente queria ir com você e passei tanto tempo longe que só queria estar junto com você.
Eu não sei... não sei, só me sinto muito estúpido.
Mas ultimamente só consigo pensar em como não sei o que devia estar fazendo e o que podia estar fazendo, e que não é meu estilo e... fiquei torcendo pra que isso passasse, mas apenas piorou!

Você sabe exatamente o que fazer.
Eu queria ter uma resposta melhor para o que faria se você não precisasse de mim.
Jon...
Você está cruzando um grande deserto e só precisa de alguém pra dizer que, enquanto caminhar na direção que acha que é certa, não importa
a distância ou por quanto tempo, você acabará chegando a algum lugar.
E eu não posso responder por você.

E ela viveu como morreu,
totalmente inexpressiva.
Ela não ganhou um prêmio Nobel, um Pulitzer, a Personalidade do Ano da revista *Time* ou as bênçãos de milhares de crianças que poderia ter recebido se tivesse sido Boa.
Então vamos retorná-la à terra, junto com as outras desalmadas, onde seus restos mortais virarão fertilizante.

Koko.
Olhe nos meus olhos.
Vim para libertar você...
...do ego que a amarra em si mesma.
O quê?
O mundo é tão diferente através dos olhos dela.

Vi alguém que estava pronto para desistir de tudo para ser parte do mundo real.

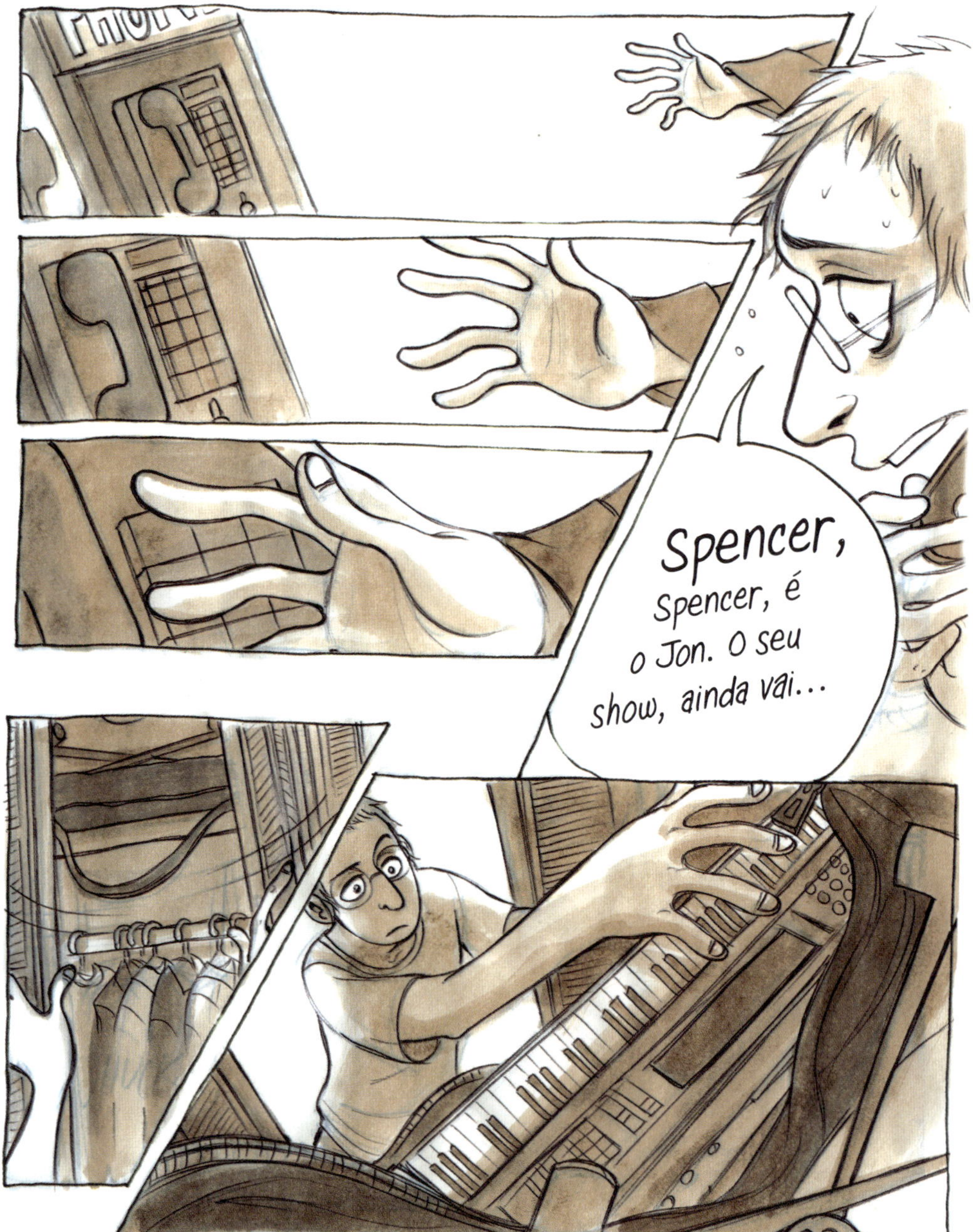
Spencer, Spencer, é o Jon. O seu show, ainda vai...

BART TICKET
Daly City 2.45
Colma 2.85
South San Francisco 3.10
San Francisco Int'l Airport (SFO) 5.20
Millbrae 3.85
PARA OS TRENS
NO SMOKING

D'oh!
Não, não, espere!
STOP

AUGH!!
NÃO!
Tenho que ir pro aeroporto!
Meu amigo vai me deixar!!

BOTTOM
OF THE HILL
Ah, não.

Arrã.
Uh, teste?... Testando? Alô?
Oi, hã, sou Jonathan Wilgur.
Infelizmente o *My Perfect Day* não veio hoje, então me pediram pra tocar no lugar deles.

Espero que não seja muito decepcionante para vocês.
E hã, é melhor eu avisar: é a primeira vez que ponho letras em algo.
E me apresento e canto em um palco. Então será algo novo pra todos nós.
Certo, então lá vai!

Em um avião prestes a cruzar o mar,
Só consigo pensar em como tenho sorte.
Desde que eu possa seguir por onde você vagueie,
Estarei livre para transformar qualquer lugar em casa.

Se esticando por milhas e milhas em volta
Estão os lugares onde estaremos
quando voltarmos ao chão

Não é a monotonia que me mantém longe de casa
Mas o pensamento que me ajustarei àquele jeito quando crescer.

Ainda assim, espero ansioso por esse dia também.
Me ajeitar e ser Bom para sempre.
Pegar as coisas mais difíceis em mim,
E reconciliar o que sou com o que espero ser.

Ei.
Obrigado por aparecer.
Não foi por querer.
Tentei ir ao aeroporto.
Não sei por quê.
Eu nem tinha o número do seu voo ou qualquer informação.
Esperava ver você e a Emily.
Me desculpe se ri de você.

Tudo bem, nada disso importa mais agora... Cof cof cof
Blaaaaugh.
Quem eu tô querendo enganar, não sei fumar.
Está ouvindo a banda que está tocando agora?

Eles me convidaram pra ir com eles a Los Angeles. É um teste pra fazer parte da banda.
!
Isso é bom, né?
Sim, é muito bom!
E eu escolhi isto em vez dela? Depois de todo esforço e de tentar fazer o certo. Estava mais preocupado em perder o amor do que em ter amor pra dar.

Ser bom é algo complicado, Koko.
Não penso que tenha achado isso também.
Ouviu minha gravação?
Seu senhorio está preocupado.
Acho que devia voltar pra casa.
Não era pra ninguém ouvir aquilo.

SFBG
B

Capítulo 8

MODESTO · OAKVILLE
EXIT
TEA JOB APPLICATION

GATE E
ZIP

Faron!
AMTRAK
Hei. Ouvi que se meteu em confusão.
Aonde está indo agora?
Pra Austin, com meu tio.
Pra quê?
Ficar longe de confusões.
Ah.
Então imagino que não nos veremos mais.

BREEPP
Passageiros do ônibus 4768!
Tchau.
GATE E

ESPERA!
Prefere ir pra algum outro lugar?
Quê?
Se estão apenas chutando você daqui, qual o problema em pegar um pequeno desvio, certo?

VROOM
Venha. Vamos sair daqui.
Levo você aonde quiser ir.

put
put
put
put
TRAK
Nova York.
Qual o lugar que mais quer ir no mundo?

Se segure.
Tic
AM FM
PORTA • RADIO
TUNING
VROOM
SKKIRRT

Estamos passando por uma turbulência durante a descida, por favor, perma-neçam sentados.

Sublime.

Esta obra, muito bem comportada, foi
impressa no inverno de 2011, com capa em
papel Triplex 300g e miolo em off-set 120g.

www.editorabarbanegra.com.br